AF586727

PARAPHRASE

DEVOTE SVR LES TROIS Hymnes de S. DENYS Areopagyte, Apostre de France ; Nouuellement composées & chantées dans l'Eglise de la Royale Abbaye de S. Denys en France : Où la vie & le martyre de ce Sainct sont décrits sommairement.

Auec l'Antienne & l'Oraison du mesme S. mise en Sonnet.

A PARIS, De l'Imprimerie d'EST. PEPINGVE, Imprimeur de M. l'Abbé de S. Germain Desprez, ruë de la Harpe, proche S. Cosme, au Bras d'Hercule. 1655.

AV LECTEVR.

MON cher Lecteur, ie vous offre vn nouueau threſor, lequel vous doit eſtre d'autant plus cher & precieux, que l'ame (laquelle eſt ſeule capable de le poſſeder) eſt plus precieuſe que le corps. Car vous ne pouuez pas ignorer, ſuiuant les veritez de noſtre Foy, que les merites des Saincts ne ſoient dans l'Egliſe des threſors, dont l'vſage eſleue l'homme à la participation de l'amitié de Dieu : Mais auſſi vous deuez ſçauoir que pour eſtre trouué digne d'entrer dans la joüiſſance de ces richeſſes de l'ame, il faut ſe rendre digne de les meriter en implorant le ſecours des Saincts C'eſt pourquoy voulant trãsformer la curioſité innocente qui vous porte à la viſite de ce Temple Royal, en vne action de Vertu, & faire en ſorte que les raretez dont ce Sanctuaire eſt enrichy ne ſoient pas moins les cauſes de voſtre ſalut que les objets de voſtre plaiſir : Ie vous offre en ce petit Liure dequoy ſatisfaire à voſtre pieté, auparauant que de contenter voſtre curioſité, laquelle ne vous donnant que la veuë d'vn Threſor qui n'eſt pas à vous, donne lieu à la pieté de vous accorder la joüiſſance d'vn autre Threſor plus precieux, lequel vous pouuez meriter. Vous perdez le plaiſir du premier auſſi-toſt que vous ceſſez de le voir ; mais vous trouuez en ce petit Liure les moyens de joüir du ſecond, ſans crainte d'en eſtre priué.

DE SANCTO DIONYSIO Gallorum Apoſtolo.

HYMNVS

Pro primis & ſecundis Veſperis.

CÆLESTIS aulæ ciuibus
Feſtiuus orbis accinat
Trophæa Dionyſij
Lux ſacra nobis explicat.

PARAPHRASE sur les trois Hymnes de Sainct Denys, Apôtre de France.

DIVIN Patron de nostre France,
Pour chanter vos faicts glorieux,
Il faut de la Terre & des Cieux
Faire une eternelle alliance.
Nobles François en ce sainct jour
Donnez licence à vostre amour,
D'immortaliser les loüanges
De cét Illustre Conquerant,
Lequel aux yeux de tous les Anges
A sçeu triompher en mourant.

Princeps Senatus Martij
Toti micabat Græciæ;
Multiſque clarus litteris
Illuſtre vincebat genus.

Vanæ Sophiæ dogmata
Doctore pauloproterens;
In fonte diuino bibit
Arcana Cælo tradita.

Desia l'éclat de ſa lumiere
Se répandoit de toutes parts ,
Et l'auguſte Senat de Mars
Le conſideroit comme Pere.
Dedans cét illuſtre pouuoir
Chacun s'eſtonnoit de le voir
Comme vn nouuel aſtre du monde :
Mais ce qui les tient eſbays
Eſt cette ſcience profonde
Qui le rend l'honneur du Pays.

Mais auſſi toſt que la droctrine
D'vn Apoſtre chery des Cieux ,
Luy porte l'éclat glorieux
D'vne lumiere plus diuine ;
Ce Rayon qui n'a point de prix
L'oblige d'auoir à meſpris
La vanité de ſa ſcience :
Et les ſecrets les plus cachez
Dont la Foy nous donne aſſeurance
Tiennent ſes deſirs attachez.

Iussu supremi præsulis
Senex petiuit Gallias:
Christum daturus gentibus,
Christo daturus sanguinem.

Post iacta verbi semina
Messes opimas colligit;
Et testis inuictus fidem
Cruore subsignat suo.

Son cœur est desia tout de flâme ;
Mais il ne croit pas bien aimer,
S'il ne va par tout allumer
Le feu qui brusle dans son ame.
Il passe aux Païs estrangers,
Sans se refuser aux dangers,
Où son amour le precipite :
La France acheue son dessein ;
Qui pour honorer son merite
Le fait loger dedans son sein.

Plusieurs de qui l'idolatrie
Nourrissoit le desreglement,
Passent de leur aueuglement
A la lumiere de la vie.
Et parmy ces nobles transports
Dont l'amour produit les efforts
Contre l'insolence du crime,
Il s'oppose à l'impieté,
En se faisant vne victime
Qui met son ame en liberté.

Prima diuisio Hymni ad Matutinum.

TOrmenta ſpernit præſidis,
Liber catenas excipit;
In crate dormit mollius,
In igne fulget purius.

Amore flammas mitigat,
Virtute demulcet feras,
Inflicta ridet verbera,
Crucis triumphat ſtipite.

Les plus effroyables ſupplices
Font ſes plus doux contentements,
Dans la rigueur de ſes tourments
DENIS rencontre ſes delices.
Le feu n'a rien de rigoureux
Auprés du brazier amoureux,
Qui fait le repos de ſes peines :
Ses liens ſont ſa liberté ;
Il ſouffre le poids de ſes chaiſnes
Sans ſouffrir la captiuité.

Il n'eſt point de beſte farouche,
Qui ne modere ſa fureur,
Tant elle conçoit de terreur
A la ſeule voix de ſa bouche,
Les dures atteintes des foüets
Luy ſont d'agreables joüets,
La Croix erige ſon trophée :
Il y tient l'erreur aux abois,
Et ſa memoire eſt eſtouffée
Par les doux charmes de ſa voix.

Poſt incruentum victimam
Summo litatam numini,
Collum ſecuri ſubijcit
Cruenta factus Hoſtia.

Demptum caput geſtat manu
Trophæa mortis erigens:
Idemque funus extitit,
Suique ductor funeris.

Enfin, la rage se mutine,
Et veut exposer au trêpas
Celuy qu'elle sent aux combats
Armé d'vne vertu diuine.
Mais par vn genereux effort,
Auant que de souffrir la mort,
Il offre à Dieu Dieu pour victime:
Et permettant à la fureur
De ne plus differer son crime,
Il attend la mort sans horreur.

Mais ô prodige de la grace!
O miracle de la Vertu!
Son chef n'est pas presque abatu,
Qu'aussi-tost sa main le ramasse.
Luy mesme porte son trespas,
Il est sans vie & ne meurt pas,
Il meurt, & possede la vie:
Ses yeux cessent de voir le jour,
Où plutost son ame rauie
Va loger au sein de l'Amour.

Noui triumphi fercula,
Stipant frequentes Angeli,
Ducisque lauros inclytas
Plaudente cœtu concinunt.

Diuisio secunda Hymni ad Laudes.

SYdus refulgens Galliæ,
Patrone, Doctor, & parens,
Qui purpuratus sanguine
Parta potiris gloria.

Accourez Troupes Angeliques ;
A ce triomphe glorieux ,
Honorez ce victorieux
De mille celestes Cantiques.
Accompagnez ce Conquerant ,
Donnez vie à son bras mourant ,
Soustenez ce fardeau celeste :
Soyez les guides de ses pas ,
Et ne jugez rien de funeste
Dans la gloire de ce trespas

Astre viuant de nostre France
Dont les eternelles clartez
Dissipent les obscuritez
Où nous engage l'ignorance ;
Le Ciel qui fait vostre bon-heur
Nous oblige à vous faire honneur ,
Et celebrer vostre memoire
Pendant que la felicité
Fait le prix de vostre victoire
Au sejour de l'eternité.

Maris per altos gurgites
Nauem guberna Gallicam;
Vt à procellis libera,
Tuto quieſcat littore.

Reges tuere Franciæ
Qui ſigna ſectantur tua:
Tecum ſepultos ſurgere
Fac, & potiri gloria.

Du ſein de cette gloire immenſe
Conſiderez noſtre danger,
Ne ſouffrez plus que l'Eſtranger
Porte l'effroy dedans la France.
Puiſque elle pretend le bon-heur
De vous auoir pour Gouuerneur
Parmy la tempeſte & l'orage :
Soyez la guide de ſon ſort,
Afin que libre du naufrage
Elle entre heureuſement au port.

Receuez les illuſtres marques
De la Royalle affection
Que vous rend la deuotion
De nos inuincibles Monarques.
Rendez-vous l'appuy des viuans,
Faictes qu'ils deuiennent ſçauans,
Dans l'art de dompter les rebelles :
Guidez au celeſte ſejour
Ceux qui ſous l'ombre de vos aiſles
Sont attendans le dernier iour.

Tuo dicatas nomini
Ædes benignus protege:
Preces clientum ſuſcipe,
Illoſque cælis inſere.

IESV tibi ſit gloria
Per quem triumphant martyres
Cum Patre, & almo Spiritu
In ſempiterna ſæcula. Amen.

Du brillant Thrône de lumiere ;
Qui fait le prix de vos combats ,
Iettez vn regard icy bas
Sur ceux qui vous font leur priere.
Faictes que ce Temple sacré
Nous soit icy-bas vn degré ,
Qui nous achemine à la gloire
Par la pratique des Vertus
Qui vous ont donné la victoire
De tant d'ennemis abatus.

Vous qui de l'essence du Pere
Estes l'eternelle splendeur,
Par qui se produit cette ardeur
Qui vous est égale en lumiere ;
IESVS , qui regnez dans ces lieux
Qui des Martyrs victorieux
Font la récompense eternelle :
Ioignez à ces Triomphateurs
Ceux qui touchez du mesme zele
Se rendent leurs imitateurs.

Antiphona.

O Beate Dionysi magna est merces tua, intercede pro nobis ad Dominum Deum nostrum: vt qui qualitate tibi sumus dissimiles, sua gratia largiente faciat esse consortes.

Vers. Ora pro nobis beate Dionysi.

Resp. Vt digni efficiamur promissionibus Christi.

ANTIENNE.

GrandSainct dont le loyer surpasse nos estimes,
Auprés de nostre Iuge intercedez pour nous ;
Afin que deschargez du fardeau de nos crimes,
Nous puissiõs dans le Ciel triompher auec vous.

VERSET.

Diuin Patron de nostre France,
Accordez-nous cette faueur,
D'entrer dedans la joüissance
De ce qu'a promis le Sauueur.

Oremus.

DEus qui beatum Dionysium martyrem tuum atque Pontificem virtute constantiæ in passione roborasti: quique illi ad prædicandum gentibus gloriam tuã Rusticum, & Eleutherium sociare dignatus es: tribue nobis & ex eorum imitatione pro amore tuo prospera mundi despicere, & nulla eius aduersa formidare. Per Dominum nostrum Iesum Christum Filium tuum; qui tecum viuit. &c.

ORAISON.

SONNET.

Seigneur, qui des Martyrs estes la recompense,
Qui les armez de force au milieu des combats,
Qui du grand S. DENIS auez guidé les pas
Pour le faire l'Apostre, & le Patron de France:

Par vne juste Loy de vostre Prouidence,
Le voulant honorer mesme jusqu'au trespas,
Vous voulez qu'auec luy deux genereux Soldats
Par vne illustre mort signalent leur vaillance.

Accordez-nous, Seigneur, par ces victorieux,
De mépriser la terre, & d'aspirer aux Cieux,
De combatre le monde, & ses fausses maximes:

Quand la prosperité nous donne vn heureux sort,
Affranchissez nos cœurs de l'atteinte des crimes,
Et dans l'aduersité soyez nostre support.

www.ingramcontent.com/pod-product-compliance
Lightning Source LLC
LaVergne TN
LVHW052029160826
845678LV00003B/1244